U0535508

流浪的月亮

Wandering Moon

全勇先 著

人民文学出版社

图书在版编目(CIP)数据

流浪的月亮/全勇先著.—北京：人民文学出版社，2021
ISBN 978-7-02-016593-3

Ⅰ.①流… Ⅱ.①全… Ⅲ.①诗集—中国—当代 Ⅳ.①I227

中国版本图书馆 CIP 数据核字(2020)第 165327 号

策划编辑	王　晓
责任编辑	李　宇
装帧设计	刘　远
责任印制	宋佳月

出版发行　人民文学出版社
社　　址　北京市朝内大街 166 号
邮政编码　100705

印　　刷　三河市龙林印务有限公司
经　　销　全国新华书店等

字　　数　470 千字
开　　本　880 毫米×1230 毫米　1/32
印　　张　5　插页 2
版　　次　2021 年 8 月北京第 1 版
印　　次　2021 年 8 月第 1 次印刷

书　　号　978-7-02-016593-3
定　　价　39.00 元

如有印装质量问题，请与本社图书销售中心调换。电话：010-65233595

目 录

流浪的月亮

流浪的月亮　　3

飘　　10

我发现自己是只口袋　　12

西沙隐约　　14

这本该是我今生最浪漫的年龄　　17

母亲河　　20

海上的日子　　22

回家　　25

椰林和月　　35

走过牧马人的房前　　37

母难日　　40

大地　　43

小羊　　45

其实这不过是一片坟地　　48

天河水声　　50

睡去　　52

丑花　　54

故乡　　57

牛群　　59

草谷的初恋

稻草人　　65

草谷的初恋　　67

我不能再逃脱了　　69

我好像坐在了天山底下　　71

老枣树　　74

你去了另一个陌生的地方　　76

这是把你坐过的椅子　　78

请你稍稍加快脚步　　80

流浪女孩　　82

牧人的女儿　　84

七月，把一切还你　　86

涉过河水　　88

无题　　90

目录

雨水　　92
半青草　　94

不归的水手

不归的水手　　99
我养活了十个孩子　　105
阴历里的农人　　107
浪子村的木马　　110
野马滩　　114
妈祖年轻　　118
向日葵　　123
城　　125
羊草的五月　　129
雨天，我见到一些死去的人　　131
麦田上的鸦群　　133

后记　让太阳一年四季照着我　　151

流浪的月亮

流浪的月亮

小曲（之一）

风风雨雨
已经二十多年
我一直坐在这儿看

是谁造了我
又把我扔得不远不近
那边林子里
谁在喧嚣
为什么要顶着风唱
我想知道

流浪的月亮

小曲(之二)

我是大人们的过错
不然我不会告诉你
我生下的时候
只有勺子那么大

母亲的乳房里
我一住
就是好多年

那么多那么多的孩子
光屁股的孩子
把泥巴涂在脸上的孩子
兴高采烈围着我撒尿的孩子
一下子都长大了

我知道你对我哭是怎么回事

我知道房前房后
刮风下雨是怎么回事
我知道你卷起铺盖
扔掉我尿尿的小罐是怎么回事
我还是趁着太阳不高
悄悄走掉

小曲（之三）

房下结出一串青杏不容易
你早上一出门
碰上捎脚的马车不容易
我能在白纸上
写下你的名字
我抬起头
看到一行大雁飞去
这些，都不容易

你在黄昏时坐在林子里
感觉到有人在远方想你
或者早晨醒来

能听到我在你耳边
痒痒地呼吸
这一切,也不容易
你不要想得太简单

我在夜里闭上眼睛
想着你也和我一样
一天天喝着清水长大
也曾生病
也曾把身子靠在河边
等待什么

想到这　我始终不能完全入睡
半梦半醒之间
总有泪水流出眼睛

小曲(之四)

你的声音
让我不在春天死去

雨天里的败草金黄
你的声音来自铅色的云
游游荡荡
如轻纱

你是情人的声音
母亲的声音
三岁女儿的声音

我只是个两手朝前平举的瞎子
一生下就站在陡崖上
西天的残照如血
我镀金的额头如血

你的声音
让我变成一只恋家的女鬼
光着身子
在终日游荡的土路上
跟在每一辆吱呀的牛车后面
嘤嘤哭泣

你的声音

在秋天的草地平川

让我死去的灵魂不死

小曲(之五)

流浪时的月亮

和你在家中

坐在爱人跟前看到的

绝不会是一个

你在爱人怀中

和你在陌生人怀中

告别人间

埋你的泥土都不会是一种颜色

我相信是这样的

我的眼睛一直朝上

我所能看到的

一直就是这个不大不小的天空

我赤脚站在土岗

流浪的月亮

草鞋已经飘走多年

流浪之后
月亮也一直在天上
有圆有缺

飘

我是容易感动的孩子
任何陌生人
对我笑过之后
都可以把我领走

我并不是不爱我的家
我只不过觉得大家都很好
我怕对不起他们

我迷失之后
就成了流浪的人
我从一村走到另一村
我的鞋丢了
我的脚还那么小

流浪的月亮

太阳升起
又落下
我的脸很脏
下山的羊群和老人
都挤着看热闹
他们不想回家

我从河床上走下来
我坐在树下
要不就是坐在房前
我双手接过递来的水碗
用一双潮乎乎的
小牛般的黑眼睛
看着每一个
给过我干粮的人

咳,这是谁家的孩子
这么小的年纪
就开始如叶子般
飘荡

我发现自己是只口袋

二十年来
我越长越丑
所以我要离家万里
我要去
没人认识我的地方

我缝了件衣服
一个口袋都没有
我说过我不用口袋
因为我自己就是口袋
我要装些东西回来

大海椰林是带不回来的
水鸟更是

流浪的月亮

沙滩上的小小草棚
也带不回来

说不定在哪个下午
我关上所有的门
把自己悄悄打开
倒在桌上

一片片风干的龟骨
裂满了别人看不懂的纹
我用手轻抚它们
听呵,这些小小骨片的颤抖
多像我当年流浪的脚步声

西沙隐约

隐隐约约
离赤道很近
那是我海平线上的西沙

我是五百年前那个
葬身大海的渔夫
新婚后的第一次出海
苍苍茫茫的水面
有一万只海鸟
四处惊飞
我如一个琥珀中的昆虫
在海水中歇息
——我睡得很安详

流浪的月亮

那夜的风很大

把我的破帆扯得

满天飞舞

把我的西沙吹得无影无踪

折断的木船和桨

陆续漂来

剩下我们的妻子

久久怅望

如午后微风时的椰林

成群

今天,我的西沙再现

我前世的爱人

就在那海滩织网的人中

已是五百年的生死风流

每个人的表情都很相似

我实在认不出她

隐隐约约

离记忆很近

那是我今世还不曾去过的

西沙

这本该是我今生最浪漫的年龄

戈壁川　一片苍茫
北风卷起黄沙

骆驼　一串串铃声
带着盐和水
从远方的雪山　缓缓走过今天

这本该是我
今生最浪漫的年龄
我却来到这里
伴随一把破旧的马头琴

我　一个人生伊始的少年

流浪的月亮

跋山涉水
走遍了黑暗中的任何一个角落
来到这死寂无人的沙漠中
流逝青春和岁月

这本该是我今生最浪漫的年龄
我却在这里　对着月亮
点起香火和蜡烛

弥漫的风沙里　我一动不动
如同一个死去的思想者
如同半个世纪前
遗弃在沙子里的车轮

岁月急速地流过
我年轻的面孔
我的面孔野草横生

风沙埋住了我的双脚
裸露出的部分
长出仙人掌般的枝丫

……

岁月的尘沙堆积
当年那些美丽的沙丘
楚楚动人

母亲河

这是我故乡的河水
这是我今生背叛的
头一条河流

今天,我从很远的地方
回到这里
我要在这北方九月的河水中
梳头洗脸

(明天,我还要到
更远的地方去)

这静静的河畔呀
如今已不长青草

已经看不见早年那些
成群的马匹

月亮照在母亲河上
我掏出竹笛
这是无家可归的人
在夜里吹出的竹笛
因此听到的人
也必是无家可归

母亲河,我的笛声好吗
这是个凄凉而又快乐的夜晚

母亲河,泪水之河
那些早年的朋友和亲人
离去之后
今夜,有一个浪子
坐在河边

海上的日子

青色大海　无穷无尽
一群群海鸟飞来
它们在我风雨凄凄的眼睛里
追星赶月
这是我在南海度过的
最普通的一天

我是乘坐我自己的帆船
开始流浪的
以后背做帆　以头为船首　以手为桨
以眼睛为灯
我漂荡在岁月晦暗的大海上
年复一年

漂泊太久
我已忘记家在哪里
终于有南十字星　照着我的破帆
热带的雨季　感伤的雨季
也是无穷无尽

终于有南极的企鹅
林立在冰山上
盼我归来

冰山向北　向赤道靠近
我靠在上面
在这阳光灿烂的五月
休养生息

终于我的冰山融化
我和我的企鹅们
又入大海
后来企鹅向南　我向北
大海依旧　候鸟依旧
终于有信天翁捎来风暴快来的消息

我也依然如旧
（就是说
我还是老样子
我散淡如烟）

因为我是以一生为代价
开始流浪的
因为风暴要来
我得在黄昏之前
擦净全身的水锈

也许日子不多了
也许还要漂荡很久
受伤也好
死去也好
这是我在海上度过的
最普通的一天

回　家

我要折一根干树枝

给我那失明的老母亲

　　　　　　——题记

小曲（之一）

什么人在盼我归来？

万里之外的北方　漫天大雪
我的村庄
我那脆弱生命诞生的地方
有人在刮起烟泡的黎明
红肿着双手为她们的儿子
兄弟和亲人

流浪的月亮

备好了热酒　烧好了火炕

在南方　正是悲伤的雨季
在热带的雨水中
一个赤足的游子
正在瓢泼的大雨中
忙乱地奔走

（回来吧　远行的人
在我悲伤的时候
我听到故人们吹起
归来的号角）

我匆匆地行走　朝着北方
冰冻的大地下
埋着我的童年　亲人　村庄和草原
埋着我一生中最快乐的时光

在野草葱郁的山坡上
在温暖的阳光笼罩下
在时间掠过的一生中

我的影子　一直躲避着我的灵魂
我的一切　只有在故乡的泥土上
才散发出迷人的美丽和芬芳
如同那野花盛开的春天

（我匆匆地行走
在热带的雨水中
一个远离故乡的游子
匆匆地行走
而我美好的情感
正像雨水一样
淋湿了我面前的世界）

小曲（之二）

我听见　昔日黄狗的声音
庄稼在雨夜里生长的声音
还有　雪落在羊圈里
少女们在河水中梳洗的声音
我听见
岁月碾过人生

时光呼啸而过
婴儿啼哭　老人幽咽
迎亲和送葬的唢呐
盲目吹响的声音

我也听见
乡亲们男欢女爱
双双隐没在
高粱地里的声音

那些驿站中的叹息
清冷得如同孤单的黎明
在旅途中　在雨水中
在一个人默默行走的时候
我听见过去我不曾听见的
所有声音

小曲(之三)

这童年　这道路
母亲的　童年和母亲的道路

流浪的月亮

我看见少女时的母亲
头顶水罐
光滑的两腿　在河边行走
在长满苦菜的大地上
少女时的母亲
在劳动休息的片刻　托着两腮
眼里充满幻想
和希望的亮光

少女时的母亲　看见道路
就忍不住忧伤
忍不住怦怦的心跳
（许多年以后
迎亲的父亲和离家的儿子
正是从这道路上
走来或者消失）

几十年太久
在时间的车轮下
谁也留不住什么

流浪的月亮

就像　灵魂留不住肉体
时间留不住爱情
母亲留不住儿子
傍晚连夕阳　夜晚连星光
都留不住

母亲呵　一生劳苦的母亲
留不住美丽的容颜
快乐和希望
留不住任何想要留下的东西
只留下满头白发
和一生的疲惫

（母亲呵，在归来的那一天
我要折一根干树枝
我要趁天色未晚
亲手给您做一根
引路的手杖）

小曲(之四)

又要离家了
我的村庄　我的河流
我的双目黯淡
却仍在村口盼望的母亲

我的满天的星光
在灿烂的银河深处
我看见渺小的人生　灰色的宿命
和短暂的一切

我知道了
我为什么不得不离开　死去
孤独和悲伤
漫漫的黑夜　无尽的道路
雨水　泥泞和宿命的风暴
我都无所畏惧

只有伟大的情感　高贵的情感

流浪的月亮

如漫漫黑夜中
微弱的星光
照着我愁云惨淡的旅程

终曲

一百年以后……

我回来了　乡亲们
在村头的月光下
我停下脚步
当年我就是从这里
走向南方潮湿的雨季

今夜　星光灿烂
我轻飘飘地走来
没有伴侣　影子
长着荒草一样的头发
在夜晚的田埂上
在沙沙作响的河流中
不断地闪现

流浪的月亮

我回来了　乡亲们
我从异乡的坟墓中爬出
唱着百年前的歌曲
沿着百年前的道路
怀着百年不变的情感

这里是我儿时捉迷藏的地方
那里是母亲当年织布的地方
姐妹们婚嫁　兄弟们打闹
大人们打场的地方

我挨家挨户敲打门窗
呼喊着故人们的名字
却发不出一点声音
没有人告诉我 ——
我已是个死去百年的灵魂

在村头 在路边
在废弃的井台上
在盼儿归来的老树下

我沉思良久

那一天
我望着百年前的一切
微笑并且流出了眼泪

椰林和月

我是会用龟骨占卜的
吉普赛人
我预知我将在
一月死去
（因为我在一月出生）
我在成群的椰子树下死去

迷迷蒙蒙的月亮
游荡不已的异乡鬼
我一路吹着口哨
我要引你们回家
我的拐杖是用我的腿骨做成
我的腿很长
我可以日行千里

流浪的月亮

习习的海风吹来
我站在远处的土岗上
看见我的头发飘散
我的影子在金黄的月亮底下
细长忧郁
像五指山的夜色中
有人吹出的第一声老笛
——我的灵魂久久不散

我断定我今晚走不出这片椰林和月色
因为我的拐杖插在土里
很深很深
我无法将它拔起来

我把启程的日子
改在明天

走过牧马人的房前

牧马人的房前
有高原的雪落下
有我和马儿
一行大大小小的脚印走过

我是快乐的马头琴奏出的
最快乐的曲子
在这样的傍晚
我并不孤单

这都是些游牧人的后代
在经历了千百年的游荡之后
我和他们,还有
那些生下来就会奔走的马儿

聚到了一起

那些歪戴皮帽的汉子
和那些盯着陌生人的少女
如同蘸着酥油的灯火
在饥饿的夜里
照亮我们

月亮草场
这快乐的牧马人的歌声
在雪和远山之间
传出很远

啊,这如歌的日子

那马屁股一样结实的少女
在太阳升起之前
已为我备好了马鞍
好吧,我打算这就启程

牧马部落

启明星高照的时候

有一行脚印

走过你们的门前

母难日

出生的日子
就是母亲流出鲜血的日子
母亲,因为不愿意与你分开
所有的孩子都是哭喊着
降临人世

那短暂的十个月呀
幸福得让人流下眼泪的十个月
你的呼吸就是我的呼吸
我的心跳就如同你的心跳

可是,后来
那果子熟透了
从树枝上落了下去

流浪的月亮

就开始了它
甘苦的一生

我的遭遇都是从那时开始的
其实我可以永远都是那些不会开花的青草
如同岩石上连在一起的青苔
春夏秋冬　生生死死
却永远不会分离

（既然生在深山　无人采摘
后来，我又为何偏偏开放了呢
母亲，你说）

灰白色的雪　无声地散落下来
那些村子里最长远的房子
已经不起任何风吹草动
却仍经得起我可怜巴巴的降生
那是多么破烂的房屋啊
这使我在以后每一个生日
都想起母亲受难的样子
使我知道

做一个女人,是多么不易

母难日,生命开始的日子
我的生命与母亲的痛苦
在这一天展开

大　地

大地没有树木
大地没有河流
大地没有生机

我爱谁　我为什么而爱
在这没有爱情的大地上
为什么让我想起爱情

我这样一个昏浊而又清醒的巨人
在这空虚而又远远的时空里，
找不到任何与我相似的东西

我只有终生飘荡
游吟天下　带着琴和草帽

在阳光里　露出晒黑的双脚
和所有生灵一起
边走边唱

那闪烁的星空呵
在你永恒的灿烂里
能为我留一束光芒吗？

小　羊

在我纯洁的身体上面
做下你能做下的所有记号
然后送我上路

我像所有恋奶的小羊那样
在离开你的时候
不断地回头张望

哦，牧羊人
你养育了我
你杀害了我

多少年后
你在草原上游荡

流浪的月亮

你会闻到我的气息
并且从一大片羊群中认出我来
那些小羊们高兴地跳来跳去
来吧　我的咩咩叫的小羊
我当初真不该卖掉你
你会不会这样说

或者，我已死去很久
你从另外一个牧羊人的破皮袄上
认出我来

太阳落山
孤独的时候就要来了
请你用手中的鞭子
换下皮袄
你穿上它　一辈子都不会冷
（要鞭子干什么
如果你是个真正的牧羊人
没有鞭子
羊群也会跟你回家）

从此以后

每一个夜晚

都会有一只小羊在恍惚中

轻轻蹭着你的膝头

其实这不过是一片坟地

我听到先人们织布的声音
生火做饭的声音
从泥土下面传来

嬉闹的声音
母亲呼唤孩子的声音
在一派平和的景象中
久久回荡

其实这是天底下最安静的地方
这是埋我先人的地方
骨头和血
肥沃土地
我听到青草静静生长的声音

母亲告别女儿
死去的人
告别活着的人
这是疲惫的世人
流浪一生之后
归来相聚的地方

其实这又不过是一片坟地
入夜,人们也只能听到
骨头烂成泥土的声音

一座座坟冢在星空下
放射出金色的光芒
笼罩从前　笼罩今天
笼罩我们平凡的一生

天河水声

夜里无人
草房前的田埂上
我倾听天河的水声

这是天堂的少女
梳洗的声音

我听到河水汩汩地从她们
身体间流过
天河的水声实在是动人

也许我从前也是棵天堂里的花朵
后来坠落下来
如忍不住的流星

汗水一样滑脱
（我只有在尘世间
在夜里倾听）

龙王庙里日日祈祷
香火旺盛不断
这瘦瘦的黄土地上
到处回荡着压断脊梁的声音

白天　我在太阳底下流尽了汗水
夜里安静的时候
我就蹲在田边
裸着胳膊
回想自己在天堂的日子
倾听天河少女梳洗的声音

睡　去

在草原上睡去
在谷场上的麦垛之中睡去
在没有棚顶的牛栏里面睡去

沉重的睡眠　像岩石中间
藏了一万年的种子
不能回归尘世
却仍是一颗种子

这是人间的怪胎
老天爷的弃儿
执意飘荡　不肯回乡
在太阳和大地 远山和黑夜之间
永远地游逛

流浪的月亮

在草原上睡去
在谷场和麦垛
在拥挤的牲口中间
在今天和明天的栏杆里面睡去

这时正是黑沉沉的白夜
这时也只有睡去
才有生还的希望

丑　花

我的额头开满了
　　最难看的花朵
我是这片草原上
　　最难看的花朵

我的幸运的姐妹们
从更早的一些时候就粘在
　　牧人的车轮上
被带往太阳升起的地方
她们热爱生活　追逐名利
她们盛开在太阳升起的地方
那里春光明媚

而我只有在夜里悄悄开放

偷偷露出难堪的翅膀
笨拙地舞蹈
在黎明就得凋谢

天亮的时候我还是一株野草
那些花朵碎落四周
我得装成什么也没有发生
（我小心而羞愧地收拾自己
我盼望那些吃草的马儿
从远处走来）

这是朵最难看的野花
所以一生下
就学会了料理后事
学会了在夜深人静的时候
躲过大家熟睡的躯体
悄悄离开

我的命运就是这样
我不断地摇头或者点头
我决心以过客的身份

流浪的月亮

离开这里最终放弃生活

这时候,最美的春天
　已经到来
遍地都是美丽的花朵

故　乡

看见北方　白雪覆盖的草原
始终晦暗的天气
　　没有太阳
这样的季节里大雪纷扬
但不会太冷
但不会开启门窗
我一个人来回地走　如青烟
　　在风中消散

我的亲人　回到他们出生的地方
顺着河流　顺着驿道
　　沿着春天或冬天
回到出生的地方
　看见那些被抛弃的孩子

依然站在村头
看见等待主人的狗　成了骨头
还在怅望北方

于是我想起自己
　一个移民的儿子
可以出生在北方雪原上的
　任何一个村庄
仿佛人间改嫁了的寡妇
在阴间被劈成两半

我爱北方　爱我自己的村庄
但是我已被劈成两半
一半埋在北中国的草原
一半埋在朝日鲜明的故乡

牛　群

一些大大小小的黄牛　站在水田里
春天的雨水坠满牛角
一滴滴缓缓落下
细雨中　牛群无声

这些就是让我注视的牛群
这些就是出生后
　就和我站在一起的牛群
雨水中它们慢慢流动
多么沉重

我们一同在这样的土地上
辛苦地劳动　成为朋友
也成为敌人

流浪的月亮

这些让人辛酸的伙伴呀
自从人们举起皮鞭
这里就再也没有传出过快乐的声音

木头轮子　在泥浆中
　生硬地滚动
笨拙而生动的牛群
裸露在雨中　天空阴暗

一群人被天空驱赶
一群牛被人群驱赶
在灰暗的雨季
人们吹起忧伤的牛角
沉闷的声音　压住了呼吸
传到了耳朵听不到的地方

沉沉的稻子低下头去
牛群低下头去
我低下头去
在这无穷无尽的雨季　这些情景
使我们像那些在秋天的野地里

等待处决的囚犯
沉重的头颅
深情地垂向地面

牛角　草垛和坟墓
人们最后归去的地方
像是关于命运的预言和征兆
如今牛群领着人们
　走向这些
并在这样一个潮湿的天气里
在一望无际的雨水之中
　缓缓熄灭

草谷的初恋

稻草人

我不要你有多么美丽
只要你知道
日子本来多么空虚
你只要会颤抖
会知道在什么时候
把自己伸展开来
让你的爱人幸福地呻吟

我是雨季里的一个稻草人
无望地守着荒芜了的麦田
什么时候雨过天晴
你带来一把火

不要雨水了

雨水会熄灭世界

熄灭你我

草谷的初恋

你起舞
在草谷的月光下
这里有了你
全是因为有了我

我坐在草垛上
守着你脱去的衣服
别让母亲知道
别让第二个人知道
除了你
谁都不会明白
一个少女的身姿
怎样激荡了我
不安的心灵

别否认了
你的第一声呻吟
多情的马蹄声
摧残过我青春伊始的面孔

我不能再逃脱了

你不声不响地点燃了
那盏昏灯
为什么我感到荒凉
人生的斑驳木板
像插在我胸前的草标
我不能再逃脱了

吹熄它
就像吹熄我心中的烛火
明天醒来
太阳照着你赤裸的前胸

让我做条狗吧
在这炎热的夏季

无忧无虑地沿着河畔
奔跑在那些洗衣妇的身边

让我兴高采烈
让我欢乐如初

我好像坐在了天山底下

你生于天山
长在牧场
想象不出的青草连天　阴云　雪

我没去过天山
因为你在那儿住过
我想去

一群群马儿低头吃草
雪山的背景深远
太阳背着我
我朝东坐着

我在东北晒太阳

流浪的月亮

在青海打盹
如今又在天山坐于草中
这些都和你有关

你在昨天离开
今天　我看见她们赶着马匹走过
知道多少往事　多少回忆
都是一生中的最后一回

日子　痛哭失声的日子
安静的日子
马匹产下马驹的日子
霜降之后百草难生
依旧我在天山坐着
实际我是在东海边上
或者也许还在林子深处

雪从天上飘下来
无声无息
头顶落雪　我看着指头
越来越不能伸开

草谷的初恋

我一直在想
你长大的时候
放牧着的是什么样的马匹
竟让自己光着脚
头也不回地追赶了二十年

老枣树

远望北方的一刹那呀
我便成了眼前那棵
光秃秃的老枣树

孤零零的枯木
满身疤痕

老天苍苍
春天的时候
让我再披一身新鲜的绿叶吧
只在我回到故乡的一刹那
只在我看见你的一刹那
让我美丽如初
让我凄凄动人

草谷的初恋

一道山沟
连着另一道山沟

土坡上生长的老枣树
如同天底下
那些不愿回家的人

你去了另一个陌生的地方

鸟儿一样静静死去的少女
你是为我故去
我能说些什么呢
在这寂静的北方
你是为我故去

这又不过是个假设
我知道你还快乐地活着
在另一个陌生的地方
那里除了我
什么都有

我只是那些清贫的小花
多余得像

草谷的初恋

山坡上那些匆匆赶路的异乡人

我穿上认识你时
那件最干净的白衣服
把你美丽的羽毛梳理干净
装入一个小木盒
放在枕头下面

鸟儿一样静静死去的
纯洁的少女
你是为我故去

这是把你坐过的椅子

空空的房间里
只剩下一把木头椅子

你不坐这把椅子
已经一个夏天了
这段时间里除了我
从没有人再坐过它

我有时就坐在上面
把窗子关闭
一切声音都离我远去
我只看到
街上蚂蚁般行走的人群
无声地流动

草谷的初恋

这是个有这么多人的世界
因此我们两个人的悲欢离合
并不重要

我就这样坐着
感受你身体的空间
与我重合在一起
我清楚地听到你的血液
在我身体里流动的声音
我的心跳
停止了一般

请你稍稍加快脚步

我在门前平静地等待
一晃就是一个季节
我要等的那个人
迟迟不来

为什么不来呢
河流里面　我已照见了
你的影子
暮色中　喊山的号子已经停息
百鸟归林的时候到了

冬天正在走近这里
到时候满山都是落叶
都是雀跃的生命

草谷的初恋

冬天就要来了
我却仍在这严峻的北方
穿着夏天的衣服
请你稍稍加快脚步
在那寒风骤起之际
在那弯弯曲曲的山路上
让我快乐地拦住你
并把你轻轻放在我的
肩膀上面

流浪女孩

我要一直带着你
像带着我的亲生妹妹
从一个地方
　来到另一个地方

我要在每天早晨
帮你系好头上的发带
让你这个美丽的小人儿
感到当女孩的幸福

我要教你唱歌
让你做一个幸运的人
用我卖艺挣下的钱
送你去读书

草谷的初恋

我要你天天睡在我的身边
把你伸到外面的脚
　放回到被子里面

我要带你去看群山和大海
赶着牛车
走到草场去看望
那些种地的人
让你学会骑马　学会爱怜
把捡到的每一个弱小动物
养好伤口
放回到密林深处

后来呵，我就一直思念着你
像一位温厚的兄长
我这时觉得一生都很虚空
唯有你使我丰厚充盈

牧人的女儿

牧人的女儿
一身孤傲　走在草原上面
身后是马　马后是大风

嘴唇吮吸着嘴唇
身体撞击着身体
两只飞不动的小鸟
疲倦在一起　干净得像婴儿
纯洁得什么也不懂

不谙世事的少女　一往情深
风流一生的浪子　满眼忧伤

（这就是你们所说的爱情吗？）

草谷的初恋

一年的青草代替另一年的青草
一种忧伤
　代替另一种忧伤

七月，把一切还你

止住狂风　止住这七月瓢泼的大雨
把北方的七月
　　原封不动地归还给你

晦淫多雨的日子
悲欢离合的日子
在这荒秃秃的天空中
没有留下痕迹

我的七月　干干净净
如同那张劣等生的考卷
除了一个歪歪扭扭的名字
　　仍是一无所有

草谷的初恋

空虚的七月　归还给你
无鸟的七月　归还给你
那些红色的牙格达
连同白桦树下的美好心愿
一同归还给你

在这七月的日子中间
我干干净净
什么也不欠
一个人坐在哗哗流淌的时间里
心情无比宁静

涉过河水

我要把你抱上马背
涉过清凉彻骨的河水
把你交给对岸
　一个从未见过面的人

我要把车马送给他
帮他盖上新居　打扫庭院
在房前种上兰草和野百合

再做一个流浪人
我还会感到黑夜的幸福
在流浪的月亮底下
愉快地吹起口哨
我不再属于你　荒山和天空下的树林

大漠和风
　刮过我要走过的所有道路

我属于天下所有纯洁的少女
我属于自由流淌的河水和泪水

无 题

你不会知道
有一个人坐在岩石上　怅望北方
从时间深处飞来的大片鸦群
飞过头顶　消逝在
更远一些的空气中

你不会知道　黄昏
有人在远方为你种了一棵树
一直守到天亮
空荡荡的河水
流过这个人的脚下
像一条通向尽头的道路

你不会知道有一个人

草谷的初恋

已经打算离开这里
　到最远的地方去谋生
那是个潮湿的热带
到处长满剑麻
　和无可奈何的棕榈树
天天下着冒烟的大雨

雨　水

今天是雨水
今天的万物开始生长

在今天告别群山和月亮
回到你们的身旁
补种漏掉的日子

多好的阳光　多好的雨水
我坐在门前
和每一个路过的行人　打声招呼
和每一位不知所措的人
　小声谈论生活
到了晚上我就休息
吹熄灯火

倾听外面越来越大的雨声

今天是雨水
今天是转换运气的日子
今天回到家里放下铺盖
　当一个最好的男人

半青草

流离四散的春天
我只采回一棵青草
这是光秃秃的远山
那年,我断送了旅途的地方

我来到这里　看不见人群
看不见闪烁的蓝天
　和七颗指示北方的星

手持一棵青草
我走得好痛快
头上就是空荡荡的天空
脚下也是天空
身后也是天空

而黎明就要过去

炽热的白天　黄昏和夜晚

正同那些美丽的乌云

一起赶来

不归的水手

不归的水手

远方的大陆　阴郁的海水
在另一个世纪的群岛中
在一万盏星罗棋布的灯火里面
我认出了我的爱人　在深秋
在疲倦的灯火下
等待我　盼望我　思念我
而我永不能归来

水手们——
天生的流浪者
没有家园　或者遍地都是家园

我这样一个无知的水手呵

那时候　那时候我曾经是孩子
村头的牛车　死者的幽灵
吱吱的水磨
　　和星星点点的白帆
这些具体和不具体的东西
　　唤醒我　阴影一样掠过头顶
我的手用来劳动
我的腿用来流浪
我的头和肩膀用来承担命运

在那只埋在沙子里的破船头上
我读到了先人留下的诗句：
——水手的一生是为了归来！

这些都是谁安排下的呢
命运　我终于懂得
那一片秋天才长出的叶子
是为憔悴而生

秋天　我凋落一地
其实我是为母亲而来的

其实我是为爱人而来的
命运 你却不断把旅途
　　硬塞到我手中
一万年 两万年 世纪如烟
我们坐在时间这古老的车轮上
不得不行走
不得不死亡

这个世界生生死死
谁也无法摆脱一些脆弱的东西
母亲 信徒和善者
　　在另一个世界等待我们
水手们 罪行累累
普度的船只与这些黝黑的面孔
　　永远无关

灵魂明明灭灭
　　就像弥漫在大陆上的
　　无数隐约的灯火
这个世界诱惑太多
　　使我们永远在这片土地和大海上

流连忘返

（在灯火下面　所有爱我的人都变成
　明亮的水草
在我的身体之间　透明的泪水里
　随风招摇）

水手们　我们死去或永生
都是无关紧要
也许只有在大海上
我们才是纯洁的

再见了　好望角
绕过你　我们就不会再有平安
再见了　故乡
百年后我还会诞生在这里
遥望前世的一切　重复一生

再见了　形影不离的水手
到时候我们还会同升那一条美丽的白帆吗
　从世界这一头漂到

不归的水手

那一头
海水汹涌潮涨潮退
我们一起遥望
　留在沙滩上的那片金色海螺

永别了　灯火和爱人
感谢你们
　在今生照耀过我　使我留恋
　人生
原谅我在另一个世界里
把你们遗忘
我要重新结识另外一些女人
　和她们生活　死去　或分离

船头击水　船头击水
　弥漫着涛声
而水手勇敢地站在船头
孤独地望着大海尽头
　等待被海水淹没

水手们　你们多保重

冬天的大海是冰冷的
风暴来临了

我养活了十个孩子

扳着指头
计算剩下的日子

长短不齐的十个脚趾
从鞋子的破洞中伸出头来
做着鬼脸
朝我张望

孩子们　你们跟着我
寸步不离
在夜里无人的时候
我一个个抚摸他们
（我有十个脚趾
我的脚趾都很听话）

流浪的月亮

我这不曾婚配的处子
我养下你们这样十个
听话的孩子
尽管没有享受爱情
但也还是值得庆幸

孩子，我拥有你们
也就拥有路途
这是我在很久以前
养育你们的时候
所不曾想到的

我领着我的十个孩子
坐在村口　坐在大树下面

阴历里的农人

月亮的光照遍我的一生
我是谁呢
像一个老者
坐在院子里
翻看黄历

阴历都是埋藏的日子
都和汗水关联
阴历也是占卜的日子
厚厚的一本
不知哪一页写着我们的宿命

日子纷纷
吉凶祸福纷纷

流浪的月亮

我游疑不定
九月多风
七月多雨
五月青黄不接

我又想生在二月
二月只有二十九天
二月忌讳太多

还是生于腊月
腊月粮仓已满
腊月不必吃糠咽菜

我又不过是个农人
农人迷信阴历　重视除夕
正月里农人不拿针线
农人只能按阴历生活
种地收获　养家糊口
在农闲的时候定亲结婚
接生孩子

在月子里清洗尿布

三百六十五个日子里
随便哪一天
都可以使你出生　死亡
走运或蒙受不幸
因此农人过早衰老
农人害怕断子绝孙

种粮吃粮　养活天下
农人却不重要
农人遍地都是

农人一生下就埋在土地
埋在阴历里
因此月亮的光
就照遍我们的一生

浪子村的木马

浪子村的好色之徒
带着杯子
备好你们接嫁的马车
请在月明星稀之夜
朝我走来

我是马的儿子
我是老鹰的儿子
所以我从浪荡的女人那儿来
所以我从不知羞愧的少女那儿来

把捡来的鞍子
绑在树丫上
千年的老树依旧

不归的水手

浪子的归途依旧

我是好色不淫的浪子
我是知羞和丑的浪子
当所有的林中之女
朝我张开翅膀
我坐在马鞍上
挥起长鞭
我感觉尘烟四起
我感觉我的灵魂
如孤独的鹰
离你们而去

我感觉很好
我感觉我的马很好

争风吃醋的少女
挤眉弄眼的少女
今夜我就让那群人
带你们回去
你们回去吧

流浪的月亮

把我的草帽留下
把我母亲的铜手环留下
把快要熄灭的篝火留下
等明天的露水打湿太阳
你们的脸一定很苍白
朝太阳打个喷嚏
你们就会很平安

可是,别忘了把我烧剩的灰烬
温热的灰烬
铺在路上
由你们赤脚踩着

吹着口哨的浪子
跳着舞步,夸耀艳遇的浪子
别在酒醒望乡的时候
凉了脚心
……

浪子村的好色之徒

不归的水手

带着杯子
备好你们接嫁的马车
请在月明星稀之夜
朝我走来

野马滩

野马滩头
长歌当哭
昔日是这样的
今天没有这些

我不知四月的阳光
照没照过你们
泥泞的湿气扑来
野草的根
我们的根
烂得好惨

听老人说
烂掉骨头的

不归的水手

都是些不安分的家伙
都是些四处游逛的家伙
所以我也采好了药
准备去滩头历险

野马滩头
回光返照的沼泽
我得万分小心

我所热爱的少女
都做了别人的妻子
剩下我一个人在阳光下
眯起眼睛
一片片溃烂

我不断打听她们的地址
我得把药给她们才是
我的药只能治别人的病
我要你们的药

村口的野店无人

茶馆的招牌落满尘埃
所有成家的人
都是独门独院
门口都有男人把守
他们的身上散发出
斑马的味
女人的味
和腥味
他们很健壮

我觉得冤枉
我掉过马头
我得回野马滩

今年的四月
野草横生
太阳真好哇
我又眯起眼睛
淡红的蔷薇
罂粟的花蕊
个个大如樱花

在阳光下　在我光滑纤细的皮肤上
在我全身盛开

我是风流的男子
所以我才得以浓香怒放
（我这样对自己说
我怎么也得熬到明天）

三年，九年，十二年
滩头的野花烂漫
我的野花烂漫
所有的人都别想采它
我的花只在我身上盛开

今天的野马滩头
春雨潇潇

妈祖年轻

一

我的妈祖披风而来
夜空万里
星星点点的帆

我的妈祖还很年轻
一千又三十年的神仙
才和人间十四岁的
少女一样
我的妈祖,还没人与她同床
(有人说妈祖已白发苍苍,
　我才不信)

不归的水手

我们这些人间逆子
敢娶女神为妻
我们早晚得下地狱
呵，妈祖是神
我们是鬼
（妈祖是我们的神
　我们是妈祖的鬼）

妈祖在月光下
松衣解带
脱得胴体如冰
于是，海的平原没有尽头
一个半疯不疯的渔子
奔来跑去
捕风捉影

妈祖的渔船
浩浩荡荡

二

妈祖的渔船

你们这些活动的庙宇

飘来荡去的总是神仙

我看见

男人膜拜的屁股

女人膜拜的屁股

男孩子女孩子的屁股

高高撅起

这是何等的威严

让你们折服

让你们腹中受孕的婴儿折服

原来,妈祖保佑你们

你们拿着香和黄纸

交换运气

用大鱼小鱼的命

换回你们的命

因此你们的命

如黄纸

三

我不要黄纸和鱼

年轻的妈祖脖子好长
年轻的妈祖有一种
咬牙切齿的美丽
我算一算我的牙还有九颗
我的眼睛还能睁开三次
我还想出海
我和你一样
都是不想打鱼的渔夫

我抱住妈祖的双腿
两耳生风

于是,清秀的浪子
妈祖的情人
在海面上肢解

流浪的月亮

我的残片如星星的雨
纷纷入海

向 日 葵

天空没有太阳
天空只有阴云
无边无际的原野上　秋天
　我是一棵低下头的向日葵

天空没有太阳
太阳是我一生的追求
就像你　突然离去
就像这空洞的爱情
　耗尽了我一生最好的时光

一棵低下头的向日葵　没有太阳
　像一个弃儿
阴天多好　阴天

使我冷静

使我低头

使我泣不成声

太阳呵　欺骗我一生的太阳

就像你虚伪的光芒

引诱我　照耀我

最后毁灭我

我看见自己笨拙粗壮的老根

结实地抓入泥土

我再一次羞愧难当

这片黯淡无光的土地呀

给我一生　给我归宿

给我最后痛哭的机会

城

一

走进一座被遗弃的城

没有鸟飞来

没有骆驼

没有成群的岩羊跑来

在北方　夏天只是个陌生的客人

在夜半留宿

天不亮就启程

黑夜遮住了白天

黑夜遮住了草原

草原上的马车

载满疲劳的搬迁者
走入更深更黑更远的尽头中去

我独坐城头
一望无尽的黑夜和秋天
　令我望眼欲穿

二

城门紧闭　放走了夏天
留住了我
我独坐城头
像一枝开败了的花儿
　结出了第一颗与爱情有关的果实
青而苦的果实呵
我向往成熟　和金色的秋天
忘记了蛹虫在我身体里
　撕咬的疼痛

我渴望一只干净的手
将我沉甸甸地摘掉

我的美丽而光滑的身体
装满她们采集的竹篮

收获季节的女儿
我要和你一道回家

三

你们为什么不回头?

远处的牧人
　和赶集的牛车
一大片乌云般的马草
在草原上静静地弥漫

欢乐的赶车人
自由高傲的马儿
还有那些坐在草垛上的男女
你们的车子走过我们的城
你们为什么不回头?

呵？我问那个淘气的黄头发少女
你们为什么不回头？

羊草的五月

在羊草这样的地方
没有见到过一只羊

五月,下过一场小雨
正是交配的季节
一匹马嗅着另一匹马

五月的新婚多么快乐
一个光着脚的男人　蓬头垢面
坐在人群之外

我依然感觉不到生命
时间这片稀松的栅栏
什么也圈养不住

却养住了这样一匹黑色的老马

马儿舔着地上的盐碱
抬起一只蹄子　瘦不经风
在羊草这样的地方

依然看不到那些富贵的羊羔
苦命的马儿　一生奔走
注定死在他乡

五月，雪水刚刚融化
五月，青草和枯草一齐生长

雨天，我见到一些死去的人

这样单调阴暗的雨天
一些人离去之后
还有一个人坐在雨中

呵，从前消逝的另外一些人
在这样的天气
他们披着稻草人的外衣　重新出现

我看得出　死去多年的亲人
依然过着潦倒的日子
无钱买米　无菜下酒
当年死去的时候
他们就这么忧郁　如今见到亲人
也是无话可说

流浪的月亮

在这些站立的　或远或近的人中
我认出了那年死去的情人
她已不如从前那么美丽
我感到了她死后的孤单

雨天，我还是一个人
坐在雨中
听见沙沙的落叶
　从树上飘落到地上
　从尘世回到阴间

雨天呵，生与死浑然一体
阴间和阳间
没有界限

麦田上的鸦群

——叙述的是我们的一生

一

那些是败黄的麦地
我的麦地
拆散了多少棺材大板的麦地

因为没有你的守望
不断的鸦群　朝我扑来

我曾经是那样无可奈何地开始
在我形成之前
我是卵,是蝌蚪
在自由自在的胎水中

我和我的兄弟们　丁丁点点
　地游动

二

我先伸到外面的是头还是脚
是冷还是热
我还能不能记起
第一次进入我视野的
是下午还是晚上　还是阴天

知觉与不知觉的分界在哪里
那是哪一天和哪一天的阴风冷雨
雨水是积水冒泡
不断地长出　不断地消失

我像个不可口的食物
在产道里　艰难蠕动

我大声地哭
我攥紧双手是为什么

不归的水手

是谁使我在没睁开眼睛之前
在我埋入黄土之前
寻找乳房
（母亲的乳房和情人的乳房）

我要找一辈子

三

一条暗红的产道
贯穿母亲的小腹
和傍晚
和坟地
和暮色中结满乌鸦的枯枝

我喜欢瘦弱的少女

少女，都是不穿衣服的少女
红着脸蹲在地上
用手捂住自己的少女

流浪的月亮

我一声不吭

我叹息

所有的男人都是漫天漫地

女人是鬼

他们勾结在夜里

生下你我

生下丁字不识的婴儿

越来越老的太阳

如快要拆散的木头轮子

黄昏知道如何空出床

让你们睡在一起

河床　产床　我一个人睡觉的床

四

在山口和麦地

我不断地注视

看见入葬　日出日落

看见我的情人

不归的水手

出入别人的草屋

因此我也厌倦早春
叫春的猫,叫春的狗
吱吱哇哇的人们也在叫

可怜巴巴的
双腿打战的小羊
奶声奶气地呼唤
生命就从那不好看的小孔中
钻出钻入
因此我们永远都洗不干净

我痛改前非
我遗弃女人
她们睡觉的声音从远处传来
撕扯我的头发

我跳下来光着脚
我只有步行
才感到地球在转动

流浪的月亮

我不能停下来

走　从山口到村落
我已经记不得多少年
因为你们的唾弃
我不断长出新脚
一只比一只大

五

从东到西　从东到西的
难道只是相同的日月和星
我们的生命怎么不从东到西
再轮回　再生长
那草年复一年　那是草
那人一代一代
那是别人的命
儿子孙子的命
我们只能埋掉一次
（后来，我也只愿意埋掉一次）

那些不断生出的　死掉的
蚂蚁一样齐心生殖的人群
全都是一秋的草
因为热带和亚热带
还有寒带的分界
才此起彼伏
不然同生同死
地球就灭了

呀——呀——
这是什么怪鸟的声音
我的身上怎么长出羽毛
我的嘴
为什么只在骨头上叮叮当当
那些朽掉了的椅子
拆散在麦地里
如棺材的大板

小鬼们
坐着老天爷的椅子摇晃
椅子吱呀

六

我站在坟头或树上
我是能歌的长满羽毛的东西
我偷啄棺木
啄取哲人的脑浆
我的叫声才是哲人的叫声

哲人的头骨是块块拼成的
哲人不看太阳
也不管它滚到哪里
哲人才是哲人

我的太阳滚到哪里去了
车老板和我一样
疲劳得要命
我把瘦长的脚架在马的脖子上
马仰天长鸣
呀—— 呀——

不归的水手

怎么喊出的竟是我们的声音
万物有灵吗
那影子出现在瘦长的地平线上
是人是鬼
那些美丽的狼在成片成群的草原上
嗥叫傍晚来临
因此睡眠来临
末日来临
你们的和我们的末日

七

村前村后的河
怎么也不像过去打过仗

河里的鬼不死
一到阴天他们就凑在一起
围着老树
鬼说　我杀你们的父亲
他们因为没有父亲
又杀我

我的儿子没有父亲
我的儿子操刀向苍天

鬼说　你们争夺床
产床　河床　和我一个人睡觉的床

可你们还要生

八

我为什么恐怖

因为地球是转动的
每一个晚上
我都大头朝下
因为鬼也会死
我坐在垃圾中唱我祖宗唱过的歌
一模一样

我不怕死去

我怕是因为
不知什么时候死
儿子还没长大
该换的牙还没换掉
为了不怕
我只能选好日子

天上飞的地下走的
我们什么时候死

九

乌云还是从前美丽的乌云吗
月亮还是从前的月亮吗
古人看到的　我看到的
一万年后子孙们看到的
都是这般清水如洗
既然是同一个
为什么要看那么多次
流那么多泪
喝掉那么多酒

酒是粮和汗捂在一起.
发酵出的眼泪
喝眼泪
所以你尿的也是眼泪
你两腿叉开
双手捉住那个小东西
你喷洒的是什么
是水
你眼里饱含的是什么
是水
你无可奈何地呻吟着　愉快地
小声地叫着
你们私下里在床上
男欢女爱交换的是什么
是水

好吧，地球就是水球

十

我的妹妹

我坐在黄土漫漫的山坡下面
披着穿了几辈子的
补丁衣服
晒那个半死不活的黄太阳

我怎么才能证明自己还活着
我的命已经被你
捡到挖苦菜的篮子里带走了
就像当年我骑着大马手握战刀
把你从家中抢来

这样的日子
还要过上多少年

我控诉
我把手指向你们
是不是我从生下到死去的日子

流浪的月亮

早已有人写好

写好了
为什么不告诉我
还让我到处流浪
既然已经活不到秋天
还让我揣着母亲蒸的窝头
在炎热的麦地中拔草

连绵不断的　荒草依依
我活不过它们

十一

我一直从远古走到今天
无穷无尽的青天底下
走来走去一个完整的精灵
我是从古到今
最完整的精灵
我的骨头遍地
如沙漠中长满的仙人掌

不归的水手

我的骨头根根带刺

告诉你们
我所要讲的死去
是一张纸和一条通道
是农夫剖开大地后狼藉的大地

我是越活越孤独的人
所以我先行一步

我无法说清告别
我站起来扔掉衣服
前方是旷野
是热浪袭人的沙漠
我告别你们
狼群消失的地平线上
一个诗人告别你们

别了　晒了我这么多年的黄太阳
别了　黄土上站着蹲着的
长着一对对山羊眼睛的乡亲们

流浪的月亮

我稍稍加快脚步
什么背影不背影
我不是让你记住我
我是告别你们
告别你们　孤苦伶仃
我来到高原之顶

众多的　杆子一样在黄昏中林立的
从来就没有过尽头的人们
抬头仰望
（我的床睡满婴儿）

爱人，人生就是短
比我向你喷射的一瞬间还短
我们替天行乐吧
替死去的人行乐
（男人这么说）

我拒绝再生
要死就死得连灵魂都死去

不归的水手

我只想完完整整地活一次

天空不还是原来的天空
河水也是
为了不在天上海上群岛上飞
不在无聊地重复自己
我得脱离你们

什么是死
死是永生或自由
死是石头和骨头
死是什么交换什么

山谷无声

十二

我在装入盒子以前
人和大地
永远都是吵吵闹闹

我又舍不得你们

我怅望 麦地和你们无边无际
我只想悄无声息
呀—— 呀——

黑色的鸦群
飞过败黄的麦地
……

后记

让太阳一年四季照着我

我知道很多诗人都是短命。

我们不见得是诗人,也不见得不短命。

从生下来的那一刻起,死亡的阴影就开始笼罩我们。

我知道人活着就得经历生老病死。

这是一种过程。

因为我们得死,我们迟早得分离,所以世上才有爱。

超脱也好,入俗也好。有人活得很累,有人活得很轻松。

有人会说服自己,有人不会。

仅此而已。

我从懂事开始,就开始胡思乱想。一想就是一天,甚至把自己置身于某种想象的角色之中,并经常为自己蹩脚的扮演感动得痛哭流涕。

十八岁我毕业了，我知道自己考不上大学，就在社会上混，接触了各种不同的人。在别人上学工作的时候我四处游逛。我第一次离家南下，去黄河，去山东。在铁路上长途押运油田专用的活动房。那一年，中原的大地上骄阳似火。

我第二次离家，整整两年。去深圳，去神农架，去找野人和神农白熊。在鄂西房县，我看到一家人睡在木板上，家里只有一口锅。

1987年我回到家，看到母亲的牙掉了一颗，我很揪心，我想今后不打算再走了，就在北大荒文工团找了个混饭吃的工作。整天游游逛逛，无所事事。动不动通宵和朋友们喝酒，每天只有早饭在家吃。

后来我发现母亲的牙掉得更快了，我想我可能还得出去。

第三次我又去了深圳和海口，去南海漂泊。我从黑龙江一路向南，把风雪服、棉皮鞋、皮手套从火车窗口丢出去，一路高歌。

我的父母都出生在韩国，他们跟随爷爷奶奶在上个世纪四十年代初来到天寒地冻的北中国，一过就是一生。

后记

我这样一次次出走什么都不因为,我就是想走,这就是理由。有了理由我就干下去。这是我从小惯出来的毛病,不一定能改掉。

我出生于1966年1月11日,出生地是小兴安岭脚下的伊春市。据说那是个最冷的冬天。

我感谢众多的朋友们,让我在外游逛的时候不至于没有饭吃,没地方睡觉。

我感谢我的两个姐姐,在我生病的时候寄来了钱和药。

我感谢父母和奶奶,他们给了我一条命,又为了这条命奔波一生,我永远对不起他们。

我感谢我自己,在我灰暗绝望的时候,还让我死乞白赖地活下去。

我感谢太阳一年四季照着我……

我想,我还是热爱生活。

1990年春天

上面这篇文字是很久以前写的,因为和这本小诗集一体,故保留于此。这些诗是年轻时写的,有些模仿的痕迹和造作的地方想遮掩也遮掩不住,想修改也无济于事。有些句子现在读起来自己都有些汗颜。可这些年轻的诗句和孩子的画一样,虽然稚嫩,却是成年人回过头来再也无法模仿的。索性就这样吧。带着青春期的粗重呼吸和手足无措的尴尬,才是当年最真实的样子。这本小诗集几经周折,终于要付梓了,这里要特别感谢人民文学出版社的编辑王晓,还有诗人、编辑马合省,没有他们的坚持和努力,这本三十年前的小诗集不会面世。

2020年夏天